Marguerite Duras
玛格丽特·杜拉斯

(1914—1996)

法国小说家、剧作家、电影导演,本名玛格丽特·多纳迪厄,作品涵盖小说、随笔、剧本、电影等多种形式,以《情人》获得法国龚古尔文学奖,以《广岛之恋》和《印度之歌》等赢得国际声誉。早期作品形式古典,后逐渐打破传统叙事方式,并赋予心理分析的内涵,给艺术带来了革新。

Marguerite Duras

玛格丽特·杜拉斯

Écrire

Marguerite Duras

写作

[法] 玛格丽特·杜拉斯 著

桂裕芳 译

上海译文出版社

沃维尔的事件,我取名为《年轻的英国飞行员之死》。最初我讲给伯努瓦·雅科听,他当时来特鲁维尔看望我。他想到拍一部片子,让我讲述这位二十岁的年轻飞行员之死。于是他拍成了。摄影师是卡罗琳·尚珀蒂埃·德·里布,录音师是米歇尔·维奥内。地点是我在巴黎的寓所。

片子拍完以后,我们就去到我在诺弗勒堡的别墅。我谈到写作,我试图谈论这个:写作。于是出了第二部片子,拍摄与制片仍是原班人马——国家视听学会的西尔维·布吕姆和克洛德·吉萨尔。

取名为《罗马》的这篇文字最初是一部片子:《罗马的对话》,它是应朋友焦瓦内拉·扎诺尼之邀而摄制的,由意大利广播电视台资助。

玛格丽特·杜拉斯
一九九三年六月于巴黎

此书献给一九四四年五月某时在沃维尔牺牲的、年仅二十岁的 W.J. 克利夫

写 作

我在屋子里才独自一人。不是在屋外而是在屋内。花园里有鸟，有猫。有一次还有一只松鼠，一只白鼬。我在花园里并不孤单。但在屋子里却如此孤单，有时不知所措。现在我才知道我在那里待了十年。独自一人。为了写书，书使我和其他人知道我当时就是作家，和今天一样。这是怎样发生的？该怎么说呢？我能说的只是诺弗勒堡的那种孤独是被我创造的。为了我。只有在那座屋子里我才独自一人。为了写作。但不像此前那样写作。为了写一些我尚未知的书，它们永远不由我或任何人决定。我在那里写了《劳儿之劫》和《副领事》。后来还有别的书。我明白我独自一人与写作相伴，独自一人，远离一切。大概长达十年,我不知道,我很少计算写作的时间或任何时间。我计算等待罗贝尔·昂泰尔姆和他妹妹玛丽-路易丝的时间。后来我再未计算过任何东西。

《劳儿之劫》和《副领事》是在上面我的卧室里写成的,房间里的蓝色衣橱可惜现在被年轻的泥瓦工毁了。那时我间或也在这里,在客厅的这张桌子上写作。

我保持着头几本书的那种孤独。我随身带着它。我的写作,我始终带着它,不论我去哪里。去巴黎,去特鲁维尔。或者去纽约。在特鲁维尔我决定劳拉·瓦莱里·施泰因将发疯。扬·安德烈亚·斯泰奈的名字也是在特鲁维尔出现在我眼前的,难以忘却。这是在一年以前。

写作的孤独是这样一种孤独,缺了它写作就无法进行,或者它散成碎屑,苍白无力地去寻找还有什么可写。它失血,连作者也认不出它来。首先,永远别将作品向秘书口述,不论她多么灵巧,在这个阶段也永远别将它交给出版商审读。

写书人永远应该与周围的人分离。这是孤独。作者的孤独,作品的孤独。开始动笔时,你会纳闷周围的寂静是怎么回事。你在房屋里走的每一步几乎都是这样,不论在白天什么钟点,不论光线强弱,是室外射进的光线还是室内的灯光。身体的这种实在的孤独成为作品不可侵犯的孤独。我不曾对任何人谈到这点。在我孤独的这个最初时期,我已经发现我必须写作。我已经被雷蒙·格诺认可。雷蒙·格诺的惟一评价是这句话:"别做其他事,写作吧。"

写作是充满我生活的惟一的事,它使我的生活无比喜悦。我写作。写作从未离开我。

我的卧室不是一张床，不论是在这里，在巴黎，还是在特鲁维尔。它是一扇窗，一张桌子，习惯用的黑墨水，品牌难寻的黑墨水，还有一把椅子。以及某些习惯。无论我去哪里，我在哪里，习惯不变，甚至在我不写作的地方，例如饭店客房，我的手提箱里一直放着威士忌以应付失眠或突然的绝望。在那个时期，我有情人。没有任何情人对我是少有的事。他们努力适应诺弗勒的孤独。它的魅力有时使他们也写书。我很少将我的书给情人看。女人不应将写的书给情人看。我当时写完一章就向他们藏起来。我真是这么做的，我不知道当你是女人而且有丈夫或情人时，有什么别的做法或者在别处会怎么做。在这种情况下，你也应该向情人隐瞒对丈夫的爱。我对丈夫的爱从未被取代。在我生命的每一天我知道这个。

这座房子是孤独之所，但它前面有一条街、一个广场、一个很老的水塘，还有村里的学校。水塘结冰时，孩子们来溜冰，于是我无法工作。这些孩子，我随他们去。我监视他们。凡是有孩子的女人都监视这些孩子，他们像所有的儿童一样不听话，玩得发疯。而每次她们多么害怕，害怕至极。多深的爱。

你找不到孤独，你创造它。孤独是自生自长的。我创造了它。因为我决定应该在那里独自一人，独自一人来写书。事情就是这样。我独自待在这座房子里。我将自己关闭起来——当然我也害怕。后来我爱上了这座房子。它成了写作之家。我的书出自这座房子。也出自这种光线，出自花园。出自水塘的这种反光。我用了二十年才写出刚才说的这些。

你可以从房屋的这一头走到那一头。是的。

你也可以来回走。此外还有花园。那里有千年古树和仍然幼小的树。有一些落叶松、苹果树，一株胡桃树、一些李子树、一株樱桃树。那株杏树已经枯死。在我的卧室前有《大西洋人》中的那株出奇的玫瑰。一棵柳树。还有郁李树，鸢尾。在音乐室的一扇窗下有株茶花，是迪奥尼斯·马斯科洛为我栽下的。

我首先为房子配备了家具，然后雇人粉刷。然后，也许在两年以后，我开始在这里生活。我在这里完成了《劳儿之劫》，在这里和在特鲁维尔海边写出了结尾。独自一人，不，我不是独自一人，当时有一个男人在我身边。但我们彼此不说话。我在写作，所以必须避免谈论书籍。男人忍受不了写书的女人。对男人来说这很残酷。这对大家都很困难。除了罗贝尔·A。

然而在特鲁维尔有海滩，大海，无边无际的天空，无边无际的沙地。这里就是孤独。在特鲁维尔我极目注视大海。特鲁维尔是我整个生命的孤独。我仍然拥有这种孤独，它在这里，在我周围，不会被攻破。有时我关上门，切断电话，切断我的声音，再无所求。

我可以说想说的话，我永远也不会知道为什么写作又怎能不写作。

有时当我独自在这里，在诺弗勒，我认出一些物品，例如暖气片。我记得暖气片上曾经有一大块罩板，我曾常常坐在上面看汽车驶过。

当我独自在这里时，我不弹琴。我弹得不坏，但很少弹，我认为我独自在房子里，身边无人时不能弹琴。那是很难忍受的。因为那突然具有了一种意义，而在某些个人情况下只有写作才具有意义，既然我从事写作，我在实践。而钢琴却是仍然无法企及的遥远物体，对我而言永远是这样。我想如果我作为专业人员弹钢琴，我就不会写书。但我不敢肯定。也许这话不对。我想我无论如何会写书，即使同时弹琴。不堪卒读的书,但十分完整。它远离语言,就像未知的无对象的爱。就像基督或J.B.巴赫之爱——两者的等值令人目眩。

孤独也意味着:或是死亡,或是书籍。但它首先意味着酒精。意味着威士忌。迄今为止,我从来不曾,的确是从来不曾,除非是很遥远的过去……从来不曾写书时有头无尾。我写书时,书已经成了我的生存目的,不论是什么样的书。在哪里都是这样。春夏秋冬都是这样。这种热情,我是在这里,在伊夫林省的这座房子里体验到的。我终于有座房子可以躲起来写书。我想生活在这座房子里。在那里干什么呢?事情就这样开始的,像是一个玩笑。我心里想,也许我能写书。我已经开始写但后来又放弃了,连书名也忘了。《副领事》不是。我从未放弃它,现在还常常想到它。我不再想《劳儿之劫》。L. V. S.,谁都无法认识她,你我都不。拉康对此说的话,我始终没有完全明白。拉康使我不知所措。他的这句话:"她肯定不知道她在写她写的东西。因为她会迷失方向。而这将是灾难。"这句话成了我的某种原则身份,某种女人所完全无缘的"说话权"。

身在洞里,在洞底,处于几乎绝对的孤独中而发现只有写作能救你。没有书的任何主题,没有书的任何思路,这就是一而再地面对书。无边的空白。可能的书。面对空无。面对的仿佛是一种生动而赤裸的写作,仿佛是有待克服的可怕又可怕的事。我相信写作中的人没有对书的思路,他两手空空,头脑空空,而对于写书这种冒险,他只知道枯燥而赤裸的文字,它没有前途,没有回响,十分遥远,只有它的基本的黄金规则:拼写,含义。

《副领事》这本书里处处都是无声的呼喊。

我不喜欢这种表达法，但当我重读时我又发现了这个或类似的东西。的确，副领事每天都在呼喊……但从我不知道的某个地方。他喊叫，正如人们每天祈祷一样。的确，他大声喊叫，在拉合尔的夜晚，他朝夏利玛的花园开枪，他要杀人。杀人，不管杀谁。他为杀人而杀人。既然不论是谁，那就是解体中的整个印度。当他在荒寂的加尔各答黑夜里独自一人时，他在官邸里喊叫。他发狂，聪明得发狂，这位副领事。他每夜都枪杀拉合尔。

我从未在别处与他重逢，只在扮演他的演员、天才的米歇尔·隆达尔身上——甚至在他的其他角色身上——见到副领事。对我来说，我这位朋友仍然是法国驻拉合尔的副领事。他是我的朋友，我的兄弟。

副领事是我信赖的人。副领事的喊声，"惟一的政治"，也是在这里，在诺弗勒堡录下的。他呼喊她，她，是的，在这里。她，A.-M.S.，安娜-玛丽亚·加尔迪。演她的是德尔菲·塞里。影片里所有的人都在哭。这是不知哭泣有何含义的、自由的哭泣，必然的、真正的哭泣，苦难人群的哭泣。

生命中会出现一个时刻，我想是命定的时刻，谁也逃不过它，此时一切都受到怀疑：婚姻、朋友，特别是夫妻两人的朋友。孩子除外。孩子永远也不受怀疑。这种怀疑在我周围增长。这种怀疑，孤零零的，它是孤独所拥有的怀疑。它出自孤独。已经可以使用这个词了。我想许多人会承受不了我说的这些话，他们会逃跑。也许正因为如此，并非人人都是作家。是的。这就是差别。这就是实话。如此而已。怀疑就是写作。因此也是作家。所有的人与作家一同写。这一点人们早已知道。

我也相信如果没有写作动作之前的原始怀疑，就没有孤独。从来没有人用两个声音写作。

可以用两个声部唱歌，也可以弹奏音乐，打网球，但是写作，不行。永远不行。我立刻写了几本所谓政治性的书。第一本是《阿巴恩，萨巴娜，大卫》，是我最珍爱的几本书中的一本。我认为这是小事——写书比过日常生活或难或易。不过困难是存在的。将一本书按照阅读的方向引向读者，这很难。如果我没有写作，我早已成了难以医治的酒徒。这实际上是一种无法继续写作的迷失状态……于是喝酒。既然迷失了，再没有任何东西可写，可丢失，于是你写了起来。一旦书在那里，呼喊着要求结尾，你就写下去。你必须与它具有同等地位。在一本书没有完全结束以前——也就是说在它独立地摆脱你这位作者之前——你不可能永远丢弃它。这像罪行一样难以忍受。我不相信有人说的话："我撕掉了手稿，统统扔掉了。"我不相信。或者是写的东西在别人眼中并不存在，或者这不是一本书。如果此刻不是书，我们总是知道的。如果将来永远不是书，不，我们不知道。永远不。

我躺下时盖着脸。我害怕自己。我不知道怎么样也不知道为什么。因此我在睡觉以前喝酒。为了忘记自己,忘记我。酒立刻进入血液,然后我睡着了。酒后的孤独令人不安。心脏,对,就是心脏。它突然急剧地跳动。

我在屋子里写作时,一切都在写作。处处都是文字。我见到朋友时,有时不能立刻认出他们。有好几年都是这样,对我来说很艰难,是的,大概持续了十年。就连十分亲密的朋友来看我时,也是很糟糕的。朋友们对我毫不知情:他们为我好,好意来看我,以为这是应该的。而最奇怪的是,我对此毫无想法。

这使写作变得粗野。类似生命之前的粗野。你总能辨识它,森林的粗野,与时间一样古老的粗野。惧怕一切的粗野,它有别于生命本身又与它不可分。你顽强奋斗。缺乏体力是无法写作的。必须战胜自己才能写作,必须战胜写出的东西。这事很怪,是的。这不仅是写作,文字是夜间动物的叫声,是所有人的叫声,是你与我的叫声,是狗的叫声。这是社会令人绝望的大规模粗俗。痛苦,这也是基督和摩西和法老和所有的犹太人,和所有的犹太儿童,这也是最强烈的幸福。我一直这样认为。

诺弗勒堡的这座房子,我是用《抵挡太平洋的堤坝》一书改编成电影的版税购买的。它属于我,归于我名下。那是在我的写作狂以前。火山般的狂热。我想这座房子起了很大作用。它抚慰我童年时的一切痛苦。我购买它时立刻就知道这对我是件重要的事,有决定意义的事。对我自己和孩子而言,这是我生平第一次。于是我照管房子,打扫它。花很多时间去"照管"。后来,我被书卷走,就不大照管它了。

写作可以走得很远……直至最后的了结。有

时你难以忍受。突然之间一切都具有了与写作的关系，真叫人发疯。你认识的人你却不认识了，你不认识的人你却似乎在等待他们。大概只是因为我已经疲于生活，比别人稍累一些。那是一种无痛苦的痛苦状态。我不想面对他人保护自己，特别是面对认识我的人。这不是悲哀。这是绝望。我被卷入平生最艰难的工作：我的拉合尔情人，写他的生活。写《副领事》。我花了三年来写这本书。当时我不能谈论它，因为对这本书的任何侵入，任何"客观的"意见都会将书全部抹去。我用经过修改的另一种写法，就会毁灭这本书的写作以及我有关它的知识。人有这种幻觉——正确的幻觉——仿佛只有自己写得出写成的东西，不论它是一钱不值还是十分出色。我读评论文章时，大都对其中的"它四不像"这句话感兴趣。这就是说它印证了作者最初的孤独。

诺弗勒的这座房子，我原以为也是为朋友们买下的，好接待他们，但我错了。我是为自己买的。只是到了现在我才明白,我才说出来。有时晚上来了许多朋友,伽里玛一家经常来,带着夫人和朋友。伽里玛的家人很多,有时可能达十五人之多。我要求他们早一点来,好把餐桌摆在同一间房里,让大家都在一起。我说的这些晚会使大家都很高兴。这是最令人高兴的晚会。在座的总有罗贝尔·昂泰尔姆和迪奥尼斯·马斯科洛以及他们的朋友。还有我的情人们,特别是热拉尔·雅尔洛,他是魅力的化身,也成了伽里玛家的朋友。

来客人时我既不那么孤单又更被遗弃。必须通过黑夜才能体验这种孤独。在夜里,想象一下杜拉斯独自躺在床上睡觉,躺在这座四百平米的房子里。当我走到房屋的尽头,朝"小屋"走去时,我对空间感到害怕,仿佛它是陷阱。可以说我每晚都害怕。但我从未有所表示让什么人来住。有时我很晚才出门。我喜欢转转,和村里的人,朋友,诺弗勒的居民一起。我们喝酒。我们聊天,说很多话。我们去咖啡馆,它像好几公顷的村庄一样大。清晨三点钟它挤得满满的。我记起了它的名字:帕尔利Ⅱ。这也是叫人迷失的地方。侍者像警察一样监视我们的孤独所处的这片无边的领域。

这里,这所房子不是乡间别墅。不能这样说。它原先是农庄,带有水塘,后来成为一位公证人——巴黎的大公证人——的乡间别墅。

当大门打开时,我看见了花园。几秒钟的事。我说好,一走进大门我就买下了房子。立刻买下了。立刻用现金支付。

现在它一年四季都可住人。我也把它给了我儿子。它属于我们两人。他眷恋我也眷恋它,现在我相信。他在屋里保留了我所有的东西。我还可以独自在那里住。我有我的桌子,我的床,我的电话,我的画和我的书。还有我的电影脚本。

当我去那里时,儿子很高兴。儿子的这种快乐现在是我生活中的快乐。

作家是很奇怪的。是矛盾也是荒谬。写作,这也是不说话。是沉默。是无声的喊叫。作家常常带来轻松,他听得多。他不多说话,因为不可能对别人谈写成的书,特别是正在写的书。不可能。这与电影、戏剧和其他演出相反。与一切阅读相反。这是最困难的。最糟糕的。因为书是未知物,是黑暗,是封闭的,就是这样。书在前进,在成长,朝着你认为探索过的方向前进,朝着它自己的命运和作者的命运前进,而作者此时被书的出版击倒了:他与梦想之书的分离就像是末胎婴儿的诞生,这婴儿永远是最爱。

打开的书也是黑夜。

我不知为什么,我刚才的这些话使我流泪。

仍然写作,不理睬绝望。不:怀着绝望。怎样的绝望,我不知道它的名字。写得与作品之前的想法不一样,就是失败。但必须接受它:失败的失败就是回到另一本书,回到这同一本书的另一种可能性。

在屋子里的这种自我丧失完全不是自愿的。我没有说:"我一整年里每天都关在这里。"我没有被关着,这样说是错的。我出去采购,上咖啡馆。但我同时又在这里。村子和房屋是一样的。桌子放在水塘前。还有黑墨水。还有白纸也是一样的。至于书,不,突然间,永远不一样。

在我以前，这房子里没有人写作。我问过镇长、邻居、商人。不。从来没有。我常打电话到凡尔赛打听曾住过这房子的人的姓名。在那一串住户的姓名和职业的单子上，没有任何作家。而所有这些姓名都可能是作家的姓名。所有的人。但是不。他们是这里的农户。我在土地里找到德国垃圾箱。这座房子的确被德国军官占用过。他们的垃圾箱是一些洞，在地上挖的洞。里面有许多牡蛎壳，贵重食品的空罐头，首先是肥鹅肝和鱼子酱罐头。还有许多碎了的餐具。什么都被扔掉。餐具肯定是塞夫勒的产品，除了碎片以外，花纹完好无缺。那蓝色像我们某些孩子的眼睛一样是纯洁的蓝色。

当一本书结束时——我是指写完一本书时——你阅读时再不能说这书是你写的，不能说书里写了些什么，也不能说你怀着何种绝望或何种幸福感，是一次新发现还是你整个人的失败。

因为，毕竟，在一本书里是看不见这些的。文字在某种程度上是均匀一致的，变得规规矩矩。书一旦完成并散发以后，它就不会发生任何事情了。它回归到初生时懵懂的纯洁之中。

与尚未写成的书单独相处，就是仍然处在人类的最初睡眠中。就是这样。也是与仍然荒芜的写作单独相处。试图不因此而死。这是在战争中独自待在防空洞里。但是没有祈祷，没有上帝，没有任何思想，只有这个疯狂的愿望：消灭德意志民族，直至最后一名纳粹。

写作永远没有参照，不然它就……它仿佛刚出世。粗野。独特。除了那些人，在书中出现的人，你在工作中永远不会忘记他们，作者永远不会为他们惋惜。不，我对这有把握，不，写书，写作。因此通向舍弃的门永远敞开。作家的孤独中包含自杀。他甚至在自己的孤独中也是独身一人。永远不可思议。永远危险。是的，这是敢于出来喊叫所付的代价。

在房子里，我在二楼写作，我不在楼下写。后来却相反，我在一楼中央那个大房间里写，为的是不那么孤单，也许吧，我记不清了，也为了能看见花园。

书里有这个，书里的孤独是全世界的孤独。它无处不在。它漫及一切。我一直相信这种蔓延。和大家一样。孤独是这样一个东西，缺了它你一事无成。缺了它你什么也不瞧。它是一种思想方式，推理方式，但仅仅是日常思想。写作的功能中也有它，既然你每天都可以自杀，那你首先也许会想不要每天都自杀。这就是写书，不是孤独。我谈论孤独，但我当时并不孤单，因为我要完成这个工作，直至光明，这是苦役犯的工作：写作《法国驻拉合尔的副领事》。书写成了，被译成全世界的各种语言，被保存了下来。在书中，副领事向麻风病开枪，向麻风病人、穷人和狗开枪，然后向白人，向白人总督开枪。他枪杀一切，除了她，一天早上溺死在三角洲的她，劳拉·瓦莱里·施泰因，沙塔拉和我童年的女王，驻永隆总督的这位妻子。

这是我生命的第一本书。它发生在拉合尔，也是在柬埔寨，在种植园，无处不在。《副领事》一开始就有一位十五岁的怀孕的女孩，这位安南姑娘被母亲赶了出来，在菩萨蓝色大理石的山区里游荡。后来如何我记不清了，只记得我费了很大的力气寻找这个地方，寻找我从未去过的这座菩萨的山。我的书桌上摆着地图，我循着乞丐和孩子们走的小路寻找，孩子们两腿无力，目光呆滞。他们被母亲所抛弃，捡垃圾充饥。这本书很难写。不可能做提纲来表述苦难的深度，因为没有引发这苦难的明显事件。这里只有饥饿和痛苦。

野蛮的事件之间没有联系，因此始终没有计划。我生活中从来没有计划。从来没有。生活和作品中都没有，一次也没有。

我每天早上写作。但没有任何时间表。从来没有。除非是做饭。我知道什么时候该让食物沸腾或避免烧焦。对于书我也心里有数。我发誓。用一切发誓。我从未在书里说谎。甚至也从未在生活里说谎。除了对男人。从来没有。这是因为母亲以前吓唬我说，谎言会杀死说谎的孩子。

我想这正是我责怪书籍的一点，因为，一般来说，它们并不自由。通过文字就能看出来：书被制作、被组织、被管辖，可以说变得规规矩矩。这是作家经常对自己使用的审查职能。于是作家成了自身的警察。我指的是寻求良好的形式，也就是最通常、最清楚、最无害的形式。还有几代人死气沉沉，书写得十分腼腆，甚至还有年轻人。这是些可爱的书,但没有任何发展,没有黑夜。没有沉默。换句话说,没有真正的作者。应景的书,解闷的书,旅行的书。但不是嵌入思想、讲述一切生命的黑色哀伤的书,而是一切思想的老生常谈。

我不知道书是什么。谁也不知道。但有书时我们知道。没书时我们也知道,好比知道我们活着,还没有死。

每本书和每位作家一样,有一段艰难的、无法绕过的行程。他必须下决心将这个失误留在书里,使它成为真正的、不撒谎的书。孤独,我还不知道它后来如何。我还不能谈论它。我相信的是这种孤独变得平凡,天长日久变得平庸,而这很幸运。

当我第一次谈到法国驻拉合尔大使的夫人安娜-玛丽·斯特雷特和副领事之间的恋情,我感到毁坏了这本书，使它辜负了期望。可是没有，它不仅站住了，而且不负所望。作家也有失误，像这种失误，它实际上是机遇。成功的、美妙的失误使人欣喜，就连其他的失误，仿佛出自孩童之手的浅易的失误常常也是美妙的。

别人的书，我往往觉得很"干净"，但常常仿佛出自毫无危险的古典主义。大概该用"必然"一词。我不知道。

我平生读得最多的书，我独自阅读的书，是男人写的书。是米什莱。米什莱，还是米什莱，催人泪下。也有政治书籍，但较少。圣茹斯特，司汤达，但奇怪的是没有巴尔扎克。文本中之文本是《圣经》中的《旧约》。

我不知道自己是怎样摆脱人们可能称作的危机，神经性危机或迟缓、衰落的危机，它仿佛是虚假的睡眠。孤独也是这个。一种写作。而阅读就是写作。

有些作家感到恐惧。他们害怕写作。就我的情况而言,也许我从来不害怕这种恐惧。我写了一些难以理解的书,但它们有读者。最近我读了其中一本,我有三十年没有重读它了,我觉得它很精彩。书名是:《平静的生活》。此前我完全忘了它,只记得最后那句话:"除了我,谁都没有看见那男人溺水身亡。"这本书是一气呵成的,根据的是谋杀案十分阴暗的普通逻辑。在这本书里,你可以走得比书本身更远,比书中的谋杀案更远。走向你不知道的地方,走向对那位妹妹的爱慕,这又是兄妹恋爱的故事,是的,是永恒爱情的故事,炫目的、冒失而受到处罚的爱情。

我们因希望而患病,我们这些六八年的人,我们寄希望于无产阶级的作用。我们,不会有任何法律，任何东西，任何人和任何东西医治好我们的希望症。我想再加入共产党。但同时我知道不应该。我还想对右派说话，带着全部愤怒去辱骂它。辱骂和写作一样强有力。这是有对象的写作。我写文章辱骂一些人，这和写首好诗一样痛快。我认为左派与右派截然不同。有人会说这是同一些人。左派中有贝雷戈瓦，谁也取代不了他。第一号贝雷戈瓦就是密特朗，他也不同于任何人。

我可与众人一模一样。我相信走在街上从来没有谁回过头来看我。我是平庸。平庸的杰作。就像《卡车》那本书中的老妇人。

像我对你讲的那样生活，在孤独中生活，天长日久会冒风险。不可避免。当人孤单时会失去理性。我相信这一点：我相信当人完全孤单时会精神错乱，因为什么也不能阻止他产生个人的谵语。

人永远不是孤单的。在身体上永远不是孤单的。永远不。人总是在一个地方。他听见厨房的声音，电视或广播的声音，在邻近的套间，在整座大楼。特别是当他从不要求寂静时，不像我那样。

我想讲一件事，我第一次曾讲给为我拍过片子的米歇尔·波尔特听。在发生这件事的时候，我正在与大房子相通的那间被称作食物贮藏室的"小"房子里。独自一人。我在那里等米歇尔·波尔特。我经常这样独自待在安静而空荡荡的地方。待上很久。那一天，在寂静中，我突然看到和听到，在离我很近的地方，贴着墙，一只普通的苍蝇在做垂死挣扎。

我在地上坐了下来，免得吓坏它。我一动

不动。

在这么大的空间里,我和它单独在一起。此前我从未想到苍蝇,除了诅咒它以外。和你一样。我和你一样,从小就憎恶全世界的这个灾星,带来瘟疫和霍乱的灾星。

我走过去看它死去。

它想从墙上脱身,花园的湿气可能使墙上的沙子和水泥将它粘住。我注视苍蝇怎样死去。时间很长。它做垂死挣扎,也许持续了十至十五分钟,然后便停止了。生命肯定停止了。我仍然待在那里看。苍蝇和刚才一样贴着墙,仿佛粘在墙上。

我弄错了:它还活着。

我仍然待在那里看,盼望它重新开始希望,重新开始生活。

我的在场使它的死亡更显得残酷。这我知

道，但我仍待在那里。为了看。看死亡如何逐步地入侵这只苍蝇。也试着看看死亡来自何处。来自外面，还是来自厚墙，或者地面。它来自怎样的黑暗，来自大地或天空，来自附近的森林或者尚无以名之的虚无——它也许近在咫尺——也许它来自我这个试图寻找正在进入永恒的苍蝇的轨迹的人。

我记不得结局了。苍蝇精疲力竭，多半掉了下来。它的爪子从墙上脱开。它从墙上掉了下来。我再什么也不知道，只知道我从那里走开。我对自己说："你在发疯。"我从那里走开了。

米歇尔·波尔特来的时候，我把那个地方指给她看，对她说有只苍蝇在三点二十分时在那里死去。米歇尔·波尔特大笑。狂笑。她有理由。我对她微笑，这件事到此为止。可是不：她还在笑。我现在向你讲的时候，就是这样，是真话，我说的是真话，刚才讲的是苍蝇和我之间的事，这还没有什么可笑的。

苍蝇的死亡，是死亡。是朝向某种世界末日的进程中的死亡，它扩大了长眠的疆界。我们看见死去一条狗，我们看见死去一匹马，我们说点什么，比方说，可怜的畜生……但是对苍蝇的死，我们什么也不说，不做任何记载。

现在我写下了。人们可能冒的风险也许正是这种十分凄惨的偏移——我不喜欢这个字眼。事情并不严重，但这件事本身，全部，具有巨大的意义：无法企及的、无边无际的意义。我想到了犹太人。我像在战争初期一样仇恨德国，用整个身体，用全部力量仇恨它。在战争期间，看到街上的每个德国人，我就想到要谋杀他，臆想和完善这个谋杀，我想到杀死一个德国肉体时的那种巨大快乐。

如果作品接触到这个，这只垂死的苍蝇，那也很好，我是指：写出写作的恐惧。死亡的确切时刻,既然被记载,便已经使死亡成为无法企及的,使它具有普遍意义,也就是说在地球上生命的总图中具有精确的地位。

苍蝇死亡时刻的精确性使它有了秘密葬礼。证据就在这里,它死了二十年,我还在谈论它。

此前我从未讲起这只苍蝇的死亡,它持续的时间,它的缓慢,它难以忍受的恐惧,它的真实。

死亡时间的精确性反映出与人的共存,与殖民地民族,与世上庞大无比的陌生人群,与处于普遍孤独中的孤单人们的共存。生命无处不在。从细菌到大象。从大地到神圣的或已死亡的天空。

对于苍蝇的死,我没有做什么事。光滑的白墙,它的裹尸布,已经在那里,它的死亡成了一个公共事件,自然的与不可避免的。这只苍蝇显然到了生命的末日。我无法抑制自己不去看着它死。它不再动弹。还有这一点，我也知道人们不能说这只苍蝇存在过。

这件事已经过去二十年了。我从未像刚才那样讲述过，甚至包括对米歇尔·波尔特。我当时还知道的，看到的，是苍蝇已经知道渗透它全身的冰冷就是死亡。这是最可怕的。最出人意料的。它知道，它也接受。

孤零零的房子是不会这样存在的。它周围必须有时间，有人，有故事，有"转折点"，有像婚礼或这只苍蝇死亡之类的事，死亡，平凡的死亡——单数与多数的死亡，全球的、无产者的死亡。战争，地球上巨大如山的战争所造成的死亡。

那一天。我约好要与朋友米歇尔·波尔特单独会面的那一天，没有时刻的那一天，一只苍蝇死了。

我瞧它的时候,突然到了下午三点二十分多一点:鞘翅的声音停止了。

苍蝇死了。

这位蝇后。黑色与蓝色的蝇后。

这只苍蝇,我看见的这只,它死了。慢慢地。它挣扎到最后一刻。然后它完了。前后大概有五分钟到八分钟。时间很长。这是绝对恐惧的一刻,也是死亡的起点,朝向别的天空,别的星球,别的地方。

我想逃走,但我同时对自己说应该朝地上的这个声音看看,因为我曾听到一只普通苍蝇死亡时那种湿柴着火的声音。

是的。是这个，苍蝇的死亡，它成了文学的移位。你在不知不觉中写。你写如何看着一只苍蝇死去。你有权这样做。

米歇尔·波尔特，当我告诉她苍蝇的死亡时刻时她大笑不止。现在我想，以可笑的方式讲述苍蝇死亡的人也许不是我。当时我无力表达，因为我正瞧着这个死亡，这只黑色和蓝色的苍蝇的死亡。

孤独总是以疯狂为伴。这我知道。人们看不见疯狂。仅仅有时能预感到它。我想它不会是别的样子。当你倾泻一切，整整一本书时，你肯定处于某种孤独的特殊状态，无法与任何人分享。你什么也不能与人分享。你必须独自阅读你写的书，被封闭在你的书里。这显然有种宗教味道，但你并不马上有这种感觉，你可以事后去想（正如我此刻做的），根据某个东西，比方说生命或对书的生命的答案，根据话语、呼喊、闷声的吼叫，发自世界各国人民的这些无声的可怕声音。

在我们周围，一切都在写，这一点应该有所觉察，一切都在写，苍蝇，它也写，写在墙上。在大厅里，在池水所折射的光线中，苍蝇写了许多，可以填满整整一页纸，苍蝇的字迹。它会是另一种文字。既然它可能是文字，那么它就已经是文字了。有一天，也许，在未来的世纪中，人们会阅读这种文字，也会辨识它和翻译它。于是一首难辨而广阔无垠的诗会在天上展开。

然而，在世界某处，人们在写书。所有人都在写。我相信这一点。我确信是这样。例如，对布朗肖来说，就是这样。疯狂围绕着他。疯狂也是死亡。巴塔耶就不是这样。他为什么躲避自由的、疯狂的思想？我解释不了。

关于苍蝇这件事,我还想说几句。

我仍然看见它,看见这只苍蝇在白墙上死去。先是在阳光中,后来在方砖地上阴暗的折射光线中。

你也可以不写,可以忘记苍蝇。只是看着它。看它也在挣扎,可怕的挣扎记入虚无的、陌生的天空中。

好,就这些。

我要谈谈虚无。

虚无。

诺弗勒的所有房屋都是有人住的:冬天时住

户或多或少,这当然,但毕竟有人住。它们不是像通常那样只用于夏天。它们全年都开着,有人住。

诺弗勒堡这座房子最重要之处,在于窗子,它开向花园和门前通往巴黎的大道。大道上有着我书中女人们的身影。

我常常睡在那间成为客厅的房间里。我一直认为卧室不过是习俗。我在哪个房间工作,它便成为不可或缺的,像其他房间一样,甚至包括楼上的空房间。客厅里的镜子属于在我以前的房主。他们把它留给了我。至于钢琴,我在买房以后就立刻买了它,价钱几乎相同。

一百年前,顺着房子有一条让牲口去池塘饮水的小路。池塘如今在我的花园里。牲口却没有了。同样,村里也不再有清晨的鲜奶。一百年了。

当你在这里拍片子时,这座房子才真正像那座房子——在我们以前的人所曾见到的那个样子。它在孤寂和风韵中突然显示出另一个样子,成为可能再属于另一些人的房屋。仿佛剥夺房子这种伤天害理的事不是不可能的。

在室内冷藏水果、蔬菜、咸黄油……有一间房专作此用……阴暗和凉爽……我想这就是食物贮藏室,对,就是它。就是这个词。可以藏匿战争储备的地方。

这里最早的植物就是现在长在门口窗沿上的那些。来自西班牙南部的粉色天竺葵。像东方一样芬芳。

在这座房子里我们从来不扔花。这是习惯，不是命令。从来不扔，即使花朵枯死也留在那里。有些玫瑰花瓣在那里待了四十年，待在短颈大口瓶里。颜色仍然粉红。干枯而粉红。

一年中的问题是黄昏。夏天和冬天都一样。

第一个黄昏是夏天的黄昏，室内不应开灯。

接着是真正的黄昏，冬天的黄昏。有时我们关上百叶窗，避免看见它。还有椅子，为夏天排在那里的椅子。露台，每个夏天我们都在那里。和白天来的朋友们说话。经常为了这，为了说话。

每次都很忧愁，但不悲惨，冬天，生活，不公正。某天早上是绝对的厌恶。

仅仅是这，忧愁。时间在流逝，我们不

习惯。

在这座房子里，最难受的就是为树木担惊受怕。总是如此。每次都如此。每当有暴风雨，而这里常有暴风雨，我们就为树木担心，为它们害怕。突然间我忘了它们的名字。

傍晚，在黄昏时刻，作家周围所有的人都停止工作。

在城市，在村镇，在各处，作家是孤独的人。他们无时无处不是孤独的。

在全世界，光线的终结就是劳动的终结。

而我始终感到这一时刻对我来说不是劳动的终结时刻，而是劳动的开始时刻。对作家而言，自然中就存在某种价值颠倒。

作家的另一种工作有时使人羞愧，它大都引起众人最强烈的对政治秩序的遗憾。我知道人们为此耿耿于怀。他们变得像警犬一样凶恶。

在这里，你感到脱离了体力劳动。你必须适应和习惯这一点，然而什么也消除不了这一点，这种感情。将永远占统治地位的是劳动世界这个地狱的不公正性，这使我们流泪。工厂地狱，种种恶行：老板的藐视与不公正，残暴、资本主义制度的残暴，它所带来的一切不幸，富人有权支配无产者，将失败归咎于他们而从不将成功归于他们。令人不解的是无产者为什么接受呢？不过许多人而且越来越多的人相信这种状况不会持续很久。我们大家做到了一点，可以对他们可耻的文章作新的解读。是的。是这样。

我不坚持，我走了。但我说的是大家的感受，即使人们不善于体验它。

常常，在劳动终结时，你回忆起最大的不公正。我指的是日常生活。这种回忆一直来到房屋里，一直来到我们身上，不是在早上，而是在晚上。如果我们毫无感受，那我们就一文不值。我们就是：虚无。而在所有村庄的所有情况下，这种事人所共知。

当黑夜开始来临时，就是解脱。室外的劳动停止了。剩下的是我们的奢侈，能够在夜里写作的奢侈。我们可以在任何时候写作。不受制于任何命令、时刻表、长官、武器、罚金、侮辱、警察、领导和领导。以及孵化出明日法西斯主义的母鸡。

副领事的斗争既天真又具有革命性。

这就是时代的,各个时代的最大的不公正:如果平生一次也不为此哭泣,那就不为任何事哭泣。而从不哭泣不是生活。

哭泣,也应该哭泣。

即使哭泣无济于事,我认为也应该哭泣。因为绝望是可以触知的。它会留下来。对绝望的回忆会留下来。有时它会杀人。

写作。

我不能。

谁也不能。

应该说明:人们不能。

但人们写作。

人们身上负载的是未知数,写作就是触知。或是写作或是什么都没有。

人们可以说这是一种写作病。

我试图在这里说的话并不简单,但是我想各国的同志们能理解。

人本身有一种写作狂,强烈的写作狂,但人们疯狂并不是因为这个。正相反。

写作是未知数。写作前你完全不知道将写什么。而且十分清醒。

这是你本身的未知数,你的头脑和身体的未知数。写作甚至不是思考,它是你所具有的能力,属于在你身边与你平行的另一个人,他是隐形人,出现并前进,有思想有怒气,他有时自己使自己处于丧失生命的危险之中。

如果你在动笔以前,在写作以前,就大概知道会写什么,你永远也不会写。不值得写。

写作就是试图知道如果先写会写什么——其实只有在事后才知道——这是人们可能对自己提出的最危险的问题。但也是最通常的问题。

写作像风一样吹过来,赤裸裸的,它是墨水,是笔头的东西,它和生活中的其他东西不一样,仅此而已,除了生活以外。

年轻的英国飞行员之死

一个故事的起始，开头。

这就是我第一次要讲的故事。这本书里的故事。

我想这是写作的方向。是这样，例如写给你看，虽然我对你仍一无所知。

写给你看，读者：

事情发生在距多维尔很近、离海边几公里远的一个村庄里。村庄叫沃维尔，在卡尔瓦多斯省。

沃维尔。

就是这里。这是路牌上的名字。

我是在特鲁维尔的商人朋友们介绍下头一次去到那里的。她们曾向我谈起沃维尔可爱的小教堂。因此那天,在这头一次参观中,我看了看教堂,却对我要讲的事漠然无知。

教堂确实很美,甚至很可爱。教堂右侧有一个十九世纪的小墓园,它高贵、华丽,有点像拉雪兹神父墓园。在精心的装饰下,它仿佛是停顿在千百年中央的、凝止不动的游园会。

在教堂的另一侧有那位年轻的英国飞行员的尸体,他是在战争的最后一天被打死的。

草坪中央有一座坟墓。一块光滑无瑕的浅灰色花岗岩石板。我没有马上看见它。当我知道这个故事后我看见了它。

他是一个英国孩子。

他当时二十岁。

他的名字刻在石板上。

人们最初称他为年轻的英国飞行员。

他是孤儿。在伦敦北面的一所郡立中学读书。他像许多英国青年一样参了军。

那是世界大战的最后几天。也许是最后一天,这很可能。他攻击了一个德国炮兵连。闹着玩的。他朝炮位射击,德国人还击。他们朝这个孩子射击。他才二十岁。

他被卡在飞机里。一架"流星"单座飞机。

是这样，是的。他被卡在飞机里。飞机落在森林里一株树的顶端。他在夜里，他生命的最后一夜里，在那里死去——村民们这样想。

在一天一夜里，沃维尔的全体居民都去森林里为他守灵。就像从前，像古代人们做的那样，他们用蜡烛、祈祷、咏唱、眼泪和鲜花为他守灵。然后他们终于将他从机舱里拉了出来，又将飞机从枝叶中扒了出来。这很费时、很费事。他的身体原来一直卡在横七竖八的钢铁和枝丛中。

他们将他从树上放下来。花了很长时间。黑夜结束时，事情做完了。尸体一下来就被抬到墓园，他们马上挖墓穴。第二天，我想，他们就买了那块浅色花岗岩石板。

故事由此开始。

年轻的英国人仍然在那里,在那个坟墓里。在花岗岩石板下。

他死的那一年,有人来看他,看这位年轻的英国士兵。他带来了花。一位老人,也是英国人。他来是为了在墓前悼念这个孩子和祈祷。他说自己是这个孩子在伦敦北面一所中学念书时的老师。是他说出了孩子的姓名。

也是他说孩子是孤儿。不需通知任何人。

他每年都来。持续了八年。
在花岗岩石板下,死亡在无限地延长。

接着,他再也没有来。

世上再没有谁记得这个孤僻的、疯狂的孩子曾经存在过,有人说:这个疯狂的孩子单枪匹马赢得了世界大战。

后来只有村民们记得和照料他的坟墓、鲜花和灰石板。我呢，我想在好些年里，除了沃维尔的居民以外谁也不知道这件事。

那位老师说出了这孩子的姓名。它被刻在墓石上：

W. J. 克利夫。

老人每次提到这孩子都要流泪。

第八个年头，他没有再来。此后永远没有再来。

我的小哥哥死在日本发动的战争中。他死了，他，没有任何坟墓，被扔进万人坑里的死尸堆上。这事想起来多么可怕，多么残酷，叫人无法忍受，而且在亲身经历以前，你不知道它如此可怕。这不是尸体的混杂，绝对不是，这是他的尸体消失在大堆的其他尸体之中。他的尸体，他所拥有的身体被扔进死尸坑，没有一个字，没有一句话。除了为所有死者的祈祷。

年轻的英国飞行员情况不同，因为全体村民曾围着他的坟墓跪在草地上唱诗和祈祷，在那里待了整整一夜。但我仍然想到西贡附近那个有保罗尸骨的万人坑。不过现在我相信不止如此。我相信有一天，很久以后，再以后，我不知道多久，但我知道，是的，很久以后，我会找到，我已经知道，找到某个实物，我会认出它，像停留在他眼洞里的微笑。保罗的眼睛。那里不止有保罗。年轻的英国飞行员的死亡对我成为如此具有私人意义的事件，包含比我所想的更多的东西。

我永远不知道是什么。人们永远不知道。
谁也不知道。

这也使我回想起我们的爱。有我对小哥哥的爱也曾有我们的爱，我们，他和我，强烈的、隐藏的、有罪的爱，时时刻刻的爱。在你死后仍然可爱。年轻的英国死者是所有的人也是他独自一人。是所有的人和他。但所有的人是不会令人流泪的。而且还有这种渴望，想看看这位年轻的死者，虽然根本不认识他但想核对一下没有眼睛的身体上端的那个洞是否曾是他的脸，想看看他的身体，他被"流星"战斗机的钢铁所撕碎的死人的面孔。

人们还能看到什么吗？我刚有这个想法。我从未想过我能写这个。这是我的事，与读者无关。你是我的读者，保罗。既然我这样对你说，这样对你写，这便是真的。你是我一生的爱，你控制我们对大哥的愤怒，在我们的整个童年，在你的整个童年。

坟墓是孤零零的。正如他生前。坟墓有它的死亡年龄……怎么说呢……不知道……草地的状况，还有小花园的状况。邻近的另一座墓园也起了作用。可是，真的，怎么说呢？怎样让被埋在草地高处的那个六个月的婴儿和这个二十岁的孩子聚在一起呢？他们两人仍然在那里，还有他们的姓名和年龄。他们是孤单的。

后来我看到了别的东西。我永远在事后才看到东西。

我透过田野里被毁的、残缺不全的树，黑色的树，看见了天上的太阳。我看到树木仍然是黑的。还有市镇小学，它也在那里。我听见孩子们在唱："我永远忘不了你。"为你而唱。为你一个人。这一切的原因是此后有了那个人，还有那个孩子，我的孩子，我的小哥哥，还有另一个人，英国孩子。他们都一样。死亡也能施洗礼。

在这里，我们离身份很远。这是一位死者，二十岁的死者，直到世界末日都如此。就是这样。姓名也不必了：死者是孩子。

可以停留在这里。

可以停留在这里，一个二十岁孩子的生命中的这个地方，他是战争的最后一位死者。

任何死亡都是死亡。任何二十岁的孩子都是二十岁的孩子。

这并不完全是任何人的死亡。这始终是一个孩子的死亡。

任何人的死亡就是全体的死亡。任何人就是所有的人。而这个任何人可以采取孩童的残酷形态。村里的人都知道这些事，农民们向我讲述了它们，残暴的事件就是：一个二十岁的孩子在和战争闹着玩时被打死了。

也许正因为如此这位英国死者才始终完好无损，他始终停留在这个可怕的残酷的年龄——二十岁。

我们与村民们交上了朋友，特别是与看守教堂的那位老妇人。

枯死的树木仍在那里，乱七八糟，凝固在固定不变的混乱之中，连风也抛弃了它们。它们没有变化，这些殉难者，它们呈黑色，流着被炮火击毙的树木的黑血。

这位二十岁死去的年轻英国人对我——过路者——而言成为神圣的。每次我都为他流泪。

还有那位年年在这孩子墓前哭泣的英国老先

生，我很遗憾没有结识他，好谈谈那孩子，谈谈他的笑容，他的眼睛，他的游戏。

这死去的孩子由全村人来照料。他们喜爱他。战争的孩子，他的墓石上将永远有花。剩下未知的是哪一天这些事会停止。

在沃维尔，我又回想起那位女乞丐唱的歌。十分简单的歌。疯子的歌，无处不在的、所有的疯子的歌，冷漠无情的疯子的歌。轻易死亡的歌。因饥饿而死亡的歌，在大路上、沟渠里，被狗、老虎、猛禽和沼泽的硕鼠吞食了一半的尸体的歌。

最难以忍受的是被毁的面孔、皮肤和被挖去的眼睛。眼睛失去了视力，不再有目光。呆滞。

朝着空无。

它有二十岁。年龄，年龄的数字在死亡时停住了，它将永远是二十岁，它成了这样。我们不知道。我们没有看。

我想写写他这个英国孩子。但我不能再写他。可我还是在写，你瞧，我在写。正因为我在写我才不知道这可以写。我知道这不是记叙。这是一个突然的、孤立的事件，没有任何回响。事件就足够了。人们会讲述事件。还有那位一直哭泣的老人，八年中他每年都来，但有一次就不再来了。永远不再来。他，莫非也被死亡夺去？肯定。这事会在永恒中结束，就像那孩子的鲜血、眼睛和被死神苍白的嘴所打断的微笑。

学校的孩子们在唱他们早就爱他,爱这个二十岁的孩子,他们永远忘不了他。他们每天下午都这样唱。

而我在哭泣。

暮色像这些孩童的眼睛一样蓝。

天空有这种蓝色,海的蓝色。这里有被杀害的所有树木。还有天空。我瞧着它。它用缓慢覆盖一切,每日仍无动于衷。难以揣测。

我看到地点与地点相连。森林的连续性除外,它消失了。

突然我不想再回来。我又哭了。

我到处都看见他,那个死去的孩子。他死了,因为他把战争当游戏,他假扮是风,是英勇而精明的二十岁的英国人。他玩的是高兴劲。

我仍然看到你：你。孩童的化身。像小鸟一样死亡，永恒的死亡。死亡姗姗来迟，被飞机的钢铁撕裂的身体在疼痛，他，他恳求上帝让他赶快死去，免得再受苦。

他叫 W. J. 克利夫，是的。这名字现在写在灰色花岗岩上。

我们穿过教堂的花园，朝在同一院子里的市镇小学走去。朝猫走去，朝那大群的猫，疯疯癫癫的猫走去，它们具有令人难以置信的、残酷的美。这些猫被称作"玎珰"，黄色像红火焰，像血，还有白色和黑色。黑色像被德国炸弹的烟炱永远熏黑的树木。

沿着墓园有一条河。再过去，在孩子坟墓的另一边还有些枯树。被烧的树顶着风在呼号。声音很大，仿佛是世界末日尖厉的打扫声。使人胆战心惊。然后，突然间，声音消失了，你不知道是怎么回事。真认为是莫名其妙，无缘无故。后来农民们说这没有什么，只是树木的液汁中保留有它们伤口的木炭。

教堂内部的确很美。我们辨认出了一切。花就是花，植物、色彩、祭台、刺绣、地毯。很美。就像一个暂时被遗弃的房间在等待因天气恶劣而没有来的情人。

在这种激动之下我想做点什么。也许从外面写写，也许只是描写，描写在那里的、现场的物品。不要杜撰任何别的东西。别杜撰任何东西，任何细节。根本不要杜撰。绝对不。不要陪伴死亡。最后抛开它，这次别瞧那一边。

通向村子的路是老路，很老的路。属于史前

时代。据说它们似乎一直在那里。它们是通往陌生的小道和泉水和海边的必经之处，也是躲避狼群的必经之路。

死亡之事从未使我如此震惊。我完全被吸住。被粘住。现在结束了，我不再去周围地区。

只剩下沃维尔这个游戏方格，只剩下去辨识某些坟墓上的名字。

只剩下森林，每年都向海边伸延的森林。它始终是烟炱色，黑色，等待未来的永恒。

死去的孩子也是战争中的士兵。他也可能是法国士兵。或者美国人。

我们距离盟军登陆的海滩十八公里。

村里的人知道他来自英国北部。那位英国老

先生曾向他们谈到这个孩子,那位老先生不是这孩子的父亲,孩子是孤儿,他多半是孩子的老师,也许是孩子父母的朋友。他爱这个孩子。像爱自己的儿子。也许也像爱自己的情人,谁知道呢?是他说出了孩子的名字。这名字刻在了浅灰色的墓石上。 W. J. 克利夫。

我什么也不能说。

我什么也不能写。

也许会有不成文的写作。有一天会有的。文字简洁,没有语法,只有单词。去掉语法支撑的单词。迷失的词。它们被写了出来就立刻被抛掉。

我想讲述为悼念那位年轻的英国飞行员而举行的仪式。我知道某些细节:整个村庄都参与了,它又焕发了一种革命积极性。我也知道那座坟墓的修建并未得到许可。镇长没有介入。为了表达对孩子的崇敬,沃维尔变成了某种哀悼节。哭泣和歌颂爱的自由节日。

村里所有的人都知道那个孩子的事。也知道那位老人,那位老教师来访的事。但他们不再谈起战争。对他们来说,战争就是这位在二十岁被谋杀的孩子。

死亡曾经笼罩着村庄。

妇女们在哭泣,情不自禁。年轻的飞行员死了,真正的死亡。如果人们歌唱这个死亡,那不会是同一件事。由于妇女们崇高的谨慎——我这样想,虽然不敢完全肯定——孩子被埋在教堂另一侧尚无任何坟墓的地方。那里现在也只有他的坟墓。以躲避狂风。她们抱起孩子的尸体,将它洗净,然后放在这个地方,放进坟墓,有浅色花岗岩石板的坟墓。

妇女们对这些事只字不提。如果当初我和她们在一起,和她们一起干,我想我就不可能写出来。我所体验的参与事件的万分强烈的感情也许就不会产生。如今我独自一人,激情再次袭来。独自一人,我为这个成为战争的最后死者的孩子哭泣。

这件事是永远的话题:就在和平来临的那一天,一个二十岁的孩子被德国大炮打死了。

二十岁。我是说他的年龄。我说:他当时二十岁。他在永恒面前永远是二十岁。不论永恒存在与否,这个孩子就是永恒。

当我说二十岁时,这很可怕。最可怕的就是这个,年龄。我为他感到的痛苦不足为奇。奇怪的是,上帝的概念从未出现在孩子周围。上帝这个词很平常,最平常的词,但谁也没有说。在这个二十岁的孩子下葬时谁也没有说,孩子曾驾着他的"流星"战斗机玩打仗,飞越像大海一样美丽的诺曼底森林。

没有任何东西能与这件事相比。宇宙间有许多这种事。缺口。在这里,人们看到了这件事。也看到了孩子因玩打仗而死亡。围绕孩子的死亡,一切都很清楚。

飞出森林时,他曾经很满意,十分高兴,没看见一个德国人。能飞行,能生活,能决心杀死德国士兵,他为此高兴。这个孩子像所有的孩子一样,喜欢打仗。他死了便一直是另一个孩子,任何二十岁的孩子。到了夜里,头一个夜里,他的生命便中断了。他成了这个法国村庄的孩子,他,英国飞行员。

在这里,在注视他的沃维尔村民面前,他签

了自己的死亡证。

这本书不是一本书。

不是一首歌。

也不是一首诗,不是思想集。

而是眼泪、痛苦、哭泣、绝望,无法抑制也无法劝导。像信仰上帝一样强烈的政治愤怒。甚至更为强烈。更为危险,因为没有尽头。

这个死于战争的孩子,他也是那些在大树顶上找到他的人们的秘密,他被飞机残骸钉在树木这个十字架上。

我们无法写这个。不然就写出一切。写出一切,都写出来,等于不写。一文不值。这种阅读难以忍受，就像是广告。

我又听见市镇小学的孩童的歌声。沃维尔的孩童们的歌声。它应该是可以忍受的。我们仍难以接受。听见孩子们的歌声时，我总是流泪。至今仍在流泪。

人们已经很少看见那位年轻的英国飞行员的坟墓了。它在四周的风景中仍然可以看到。但已永远远离了我们。它的永恒将通过这死去的孩子长存。

教堂侧面通向孩子的坟墓。在那里仍然有什么事在发生。我们现在离事件已有好几十年，然而在这里，坟墓仍是事件。也许是由于死于战争的孩子的孤独，由于对他冰冷的花岗岩墓石的温柔抚摸？我不知道。

村庄成了这个二十岁的英国孩子的村庄。它仿佛是一种纯洁和绵绵不绝的眼泪。对他坟墓的精心照料将是永恒的。人们已经知道。

年轻的英国孩童飞行员的永恒就在那里,人们可以亲吻灰色的墓石,触摸它,倚着它睡去,哭泣。

这个字——永恒这个字涌到嘴边——仿佛是依靠,它将成为在未来战争中本地区被打死的所有人的公共墓穴。

也许这是一种崇拜的诞生。上帝被取代了?不,上帝每天都被取代。人们从来不缺上帝。

我不知道怎样称呼这件事。

一切都在那几十平米的土地上。一切都在那里，在杂乱的死人堆、华丽的坟墓里，坟墓的豪华使那地方给人强烈的印象。不是数目，数目已经分散到别处，分散到德国北部的那些德国平原上，整个大西洋海岸地区的大屠杀中。这个孩子始终是他自己。独自一人。战场仍然很远，在欧洲各处。这里却相反。这里是孩子，战争死亡之王。

他也是国王：这个在孤独中死去的孩子就像是在孤独中死去的国王。

人们可以拍摄那座坟墓。如实的坟墓。姓名。夕阳。被烧焦的黑黑的树。拍摄那两条姊妹河，它们变得疯狂，每晚都像饿狗一样吼叫，人们永远也不会知道它们要什么又为什么。这两条成为上帝败笔的、先天失调又难看的河每晚都相互撞击，彼此撕打。我在哪里也不曾见过。它们是另一个世界的疯子，在哐当声、杀戮声和大车声中寻找道路，汇入哪个大海，哪座森林。还有猫，大群大群的猫在惊叫。墓园里总有猫，不知它们在窥伺什么难以理解的事件，只有它们这些野猫，迷途的猫能理解。

死树、草地、牲畜，这里的一切都瞧着沃维尔的夕阳。

这个地方仍然很荒凉。空的，对。几乎是空的。教堂的女看门人住得很近。她每早喝完咖啡后就去看看那座墓。一位农妇。她穿着深蓝布的围裙，我母亲二十岁时在加来海峡省就穿这个。

我忘了：离沃维尔一公里远的地方，还有那座新墓园。单一价格的墓园。有像树一般硕大的花束。一切都涂成白色。但这里没有人，地下没有人，仿佛空空的。不像是墓园。不知这是什么，也许是高尔夫球场。

沃维尔周围有中世纪以前的十分古老的小路。在它上面是现在为我们修筑的大路。沿着千年的篱笆是为新的生者修的路。罗贝尔·伽里玛告诉我诺曼底有整整一套初期道路的网络。海岸人，北方人①的初期道路。

大概有很多人写过道路史。

应该说的是不可能讲述这个地方，这里，还有这座墓。但我们仍然可以亲吻灰色的花岗岩和为你哭泣。 W.J. 克利夫。

应该从反方向开始。我指的不是写作。而是一旦写成的书。从水源一直追到蓄水库。从坟墓

---

① 作者将 Normand（诺曼底人）分解为 Nord-man（北方人）。

一直追到他,那位年轻的英国飞行员。

常常有记叙而很少有写作。

也许只有一首诗,为了试试……什么?我们再什么也不知道,连这也不知道,不知道该做什么。

伟大的平凡:森林、穷人、疯狂的河流、死掉的树,还有像狗一样食肉的猫。红色和黑色的猫。

生命的无邪,是的,不错,它在那里,就像孩童们唱的轮舞曲。

这是真的,生命的无邪。

无邪得叫人落泪。那古老的战争已在远处。当你独自待在村里,面对被德国炮火烧焦的、受难的树木时，战争现在已成碎片。树木被杀害，像烟囱一样黑。不。再没有战争。孩子，战争的孩子，取代了一切。二十岁的孩子：他取代了整个森林，整个地球，还有战争的未来。战争与孩子的尸骨一起被关进了坟墓。

现在平静了。最中心的光辉是思想，二十岁的思想，玩战争的思想，它光彩夺目。像水晶。

如果不曾有这些事，就不会有写作。但即使写作在那里，时刻准备喊叫，哭泣，你也不会写。这种激情十分精细、深邃、肉感而且很重要，完全无法预测，正是它才有能力在一个肉体内孕育出多个完整的生命。这就是写作。写作的列车驶过你的身体。穿过它。你从那里出发去谈论这种激情，它难以说清，十分陌生，却突然攫住了你。

在这里，在沃维尔这个村子里，我仿佛在家

里。我每天去那里流泪。后来有一天我不再去了。

我写是因为我有机会插手一切，参与一切，有机会来到这个战场，这个战争已离去的舞台，有机会扩大这种思考，它慢慢地触及战争，二十岁年轻孩子死亡的这个进行中的噩梦，这个二十岁英国孩子的尸体，他与诺曼底森林的树木一同进入同样无边的死亡。

这种激动将超越它本身，扩及全世界的无限。经过好几个世纪。接着有一天——在整个地球上，人们会理解某些东西，例如爱。对他的爱。对在这森林里与德国人玩战争而死去的二十岁英国孩子的爱，森林巨大而美丽，人们会说它那么古老，甚至可爱，对，就是这样，就是叫可爱。

人们应该能拍出一部片子。一部使用强调手法的,有倒叙和重新开始的片子。然后将它搁置起来。也拍摄这种搁置。但人们不会这样做的,他们已经知道。永远不会拍摄的。

为什么不拍摄这件不为人知,尚且不为人知的事?

我两手空空,脑子空空,拍不了这个片子。但今年夏天我想得最多的就是它。因为这个片子毕竟会是一部思想疯狂并难以掌握的片子,一部关于活生生的死亡之文学的片子。

文学写作向每本书,每位作家,每位作家的每本书都提出问题。没有写作就没有作家,没有书,什么都没有。由此人们似乎也可以对自己说,如果如此,那也许再什么也没有了。

世界的默默崩溃是从那天开始的，也就是二十岁的年轻英国人在诺曼底森林上空——大西洋海岸上的这座纪念碑，这个光荣——痛苦地慢慢死亡的那一天。这个消息，这惟一的事实，这神秘的消息被嵌入仍然在世的人们脑中。世界在首次沉默中达到了无法返回的临界点。人们知道从此不必再抱希望。地球上处处如此，而这仅仅起始于一个二十岁的孩子，上次战争的年轻死者，童年时代最后战争的被遗忘者。

然后有一天，再没有什么可写，没有什么可读，只剩下这个如此年轻，年轻得让人嚎叫的死者生命中无法表达的东西。

罗 马

这是意大利。

这是罗马。

这是一家饭店的大堂。

这是傍晚。

这是纳沃纳广场。

饭店大堂是空的,但在露天座上,有位女士坐在扶手椅上。

侍者端着托盘去伺候露天座上的客人,他们又回去,消失在大堂深处。又回来。

女士睡着了。

来了一位男士。他也是饭店的顾客。他站住。他瞧着睡觉的女士。

他坐下,不再看她。

女士醒来。

男士胆怯地问:

"我打搅您了吧?"

女士微微一笑,不作答。

"我是饭店的客人。我每天看见您穿过大堂

来这里坐下。(停顿)有时您睡觉。我瞧着您。您也知道。"

沉默。她瞧着他。他们对视。她不说话。他问道:

"您完成形象了吗?"
"……是的……"
"那么对话也完成了?……"
"是的,早就有了,在形象以前我就写了对话。"

他们不瞧对方。明显的局促。他低声说:

"影片会在这里,现在,此时此刻开始……当光线消失。"
"不。影片已经在这里开始了,从您询问形象时起就开始了。"

停顿。局促在增长。

"怎么?"
"刚才,您一问及形象,老片子就从我的生命中消失了。"

停顿——缓慢。

"以后……您不知道……"
"不……一无所知……您也一样……"
"的确,一无所知。"
"那您呢?"
"在这一刻以前我一无所知。"

他们转头朝着纳沃纳广场。她说:

"我从来就不知道。一九八二年四月二十七日晚上十一点钟,他们拍摄了喷泉……您那时还没有来到饭店。"

他们瞧着喷泉。

"好像在下雨。"
"每晚都认为是下雨。其实没有下。这几天罗马没有下雨……是泉水被风吹洒在地面上。整个广场湿漉漉的。"
"孩子们光着脚……"
"每天晚上我都瞧着他们。"

停顿。

"天气几乎冷了。"
"罗马离海很近。这是海的冷气。您是知道的。"
"我想是的。"

停顿。

"还有吉他声……是吧？有人在唱歌，真好像……"

"是的，和喷泉的声音……都混在一起。不过他们确实在唱。"

他们不聆听。

"一切都可能是假的……"

"我不清楚……也许什么都可能不是假的。我们不可能知道……"

"已经太晚了？"

"也许吧。在开始以前就晚了。"

沉默。她接着说：

"您瞧瞧中央的那个大喷泉。看上去冰冷，毫无血色。"

"我看过它……它在电灯的光线下，仿佛在冷水中燃烧……"

"是的。您在石头缝隙中看到的是另一些河流的形状。中东的河流以及更远处的中欧的河流的流程。"

"还有人们身上的这些阴影。"

"这是其他人的影子，瞧着河流的人的影子。"

长停顿。她说：

"我害怕罗马的存在……"

"它存在。"

"您肯定……"

"是的，还有河流。还有其他的。"

"您怎能忍受这个……"

沉默。她低声说：

"我不知道这种害怕是什么，害怕人们在阿庇亚大道的石柱女像眼中所看到的东西以外还有什么。人们只看见它们显示的自己,只看见它们在显示时所隐藏的自己。它们领我们去哪里,朝向哪个黑夜?就连这个幻觉,白石的反光,完美而匀称的光,我也表示怀疑,不是吗?"

"您害怕的似乎是事物的可见性。"

"我害怕,仿佛被罗马击中了。"

"被它的完美?"

"不……被它的罪恶。"

长停顿。目光。然后他们低下眼睛。

他说:

"是什么不变的思想使您如此苍白,使您有时坚持在露天座上等待天亮……"

"您早知道我睡眠不好。"

"是的。我也睡得不好。和您一样。"

"您也这样了。您瞧。"

停顿。

"您此刻心不在焉地想什么?"

"经常有一种思想使我背离罗马,它有别于罗马思想……但可能与罗马思想属于同一时代,可能产生在别处,远离它,远离罗马的地方,例如欧洲北部,您明白……"

"它什么也不会留下来?"

"什么也不会。除了一种模糊的记忆——可能是臆造的,但合乎情理。"

"您在罗马想起了这个北方国家。"

"是的。您怎么知道?"

"我不知道。"

"是的,是在这里,在罗马,在小学校车上。"

停顿。沉默。

"有时,在傍晚,太阳快落山时,阿庇亚大道的色彩很像托斯卡纳的色彩。这个北部地区,我很小,还是孩子时,就知道它了。第一次是在旅游指南中看到的。后来在学校的一次远足中见到。它的文明与罗马同时代,但现在已消失。我真希望能对您讲讲这个地区的美,在那里,这种文明和这种思想在一种可爱而又短暂的巧合中产生了。我希望能对您讲讲它们朴实的存在,简单的地理,它们眼睛的颜色,气候的颜色,农业、牧场和天空的颜色。"——停顿。——"您明白,这就像您转瞬即逝的微笑,发生过后无处可寻。像是您消逝的身体,一种没有您也没有我的爱情。怎么说呢?怎能不爱呢?"

沉默。延迟的目光。
停顿。他们不说话。他瞧着远方,茫然。她说:

"我不认为罗马从前有思想,您明白。它表述自己的权力。人们在别处,在另一些地区里思想。思想是在别处产生的。罗马仅是战争和掠夺思想的地方，颁布思想的地方。"

"那本书，那次旅行到底说明了什么？"

"书中说在别处各个地方都有艺术品，雕塑艺术、圣殿、民用建筑、公共浴室、保留区、实施死刑的竞技场——而在这里，在这片荒原上，看不到任何类似的东西。

那次阅读发生在我的童年。接着它被忘却了。

后来又一次。在乘校车郊游中，女老师说这个文明曾经存在于这里，存在于汽车所经过的荒原上，其光辉是其他任何地方从未达到过的。

那天下午在下雨。没有什么可看的。于是女老师讲起了被欧石南和薄冰覆盖的荒原。我们听着她仿佛盯着她似的。仿佛盯着荒原……"

沉默。他问道：

"那地区很平坦，没有起伏的地势，你们什么也看不到？"

"什么也看不到。除了田野下方的海岸线。荒原，我们中间谁也没想到，从来没想到，您明白……还从未想到过。"

"罗马呢？"

"罗马是在学校里讲授的。"

"女老师谈到……"

"是的。她说——虽然我们什么也看不到——在这里产生了一种文明。在地球上的这个地方。它应该还在这里，被埋在平原下。"

"这无边无际的平原。"

"是的，它一直伸到天边。这种文明没有留下任何东西：只有一些洞，地上的空洞，从外面是看不见的。有人问：人们知道这些洞不是坟墓吗？不知道，回答说，但也从来不知道它们是不是寺院。人们只知道它们是人为的，是用手建造的。

女老师说这些洞有时像房间一样大，有时像宫殿一样大，有时又好比是走廊、通道、暗道。这一切都出自人手，由人手筑成。在某些深厚的黏土层人们发现了手印,它们贴在墙上。是人手,五指张开,有时带着伤痕。"

"女老师认为这些手印是什么呢?"

"她说是喊叫声,为了使后来的人能够听到和看到。用手发出的喊叫。"

"那次出游时您有几岁?"

"十二岁半。我赞叹不已。在天空下,在洞的上方,我们看见了一些农作物,它们年复一年地越过各个世纪,一直来到我们这些坐小学校车的小姑娘身边。"

沉默。她在注视。在辨认。

"这些洞离大洋很近。它们在荒原的可耕地上,沿着沙堤。荒原不穿过任何村庄。森林消失了。它消失以后,人们没有重新给荒原命名。不。自它从被水浸没的土地中央的淤泥中冒出来,它就存在于空间与时间中。这我们知道。但再也不能看到它，触摸它。完结了。"

"人们怎么知道您说的这些呢？"

"怎么知道，永远也不会知道……人们知道。大概是因为人们一直知道，人们一直提问，回答也总是一模一样。几千年来一直如此。人们对每个开始懂事的孩子都这样说，告诉他：'瞧，你看见的这些洞，是从北方来的人修筑的。'"

"正如别处的人们说：'瞧瞧耶路撒冷的这些平石，母亲们在儿子被钉上十字架的前夜曾在这里歇脚，他们是犹太地区上帝的狂热信徒，被罗马判为有罪。'"

"人们也同样说：'瞧那儿，那条凹下去的小路是为了去打水，也为了从乡间去到城里的商店，耶路撒冷的小偷也从这里去到髑髅地被吊死。所有这些事都通过这惟一的路。它也是孩童玩耍的地方。'"

沉默。

"在这里也可以谈谈被人赞美的爱情吧?"

"我不清楚……大概可以吧……"

沉默。局促。嗓音改变了。

"这种爱情故事中的女人可能是谁呢?"

"我会说,例如,沙漠中的一位王后。在正史中,她是撒玛利亚的女王。"

"那么撒玛利亚战争中的胜者,回应爱情的那个人是谁?"

"是罗马军团的一位将军。帝国的首领。"

"我想您说得对。"

沉默。更为沉重,仿佛很遥远。

"整个罗马都了解这场战争的历史。"

"是的。罗马是通过战争史来了解历史的。而在这里,爱情所遭遇的困难恰恰与因对她——撒玛利亚女王——的爱而发动的战争宣传有关。"

"是的。这个爱情很伟大。人们是怎样知道的?"

"就像人们晚上悄悄说的那些死亡人数,人们知道俘虏的人数。在和平期间人们也会知道的。既然他囚禁她而没有杀她,人们同样会知道。"

"是的。"

"在几千名死者中,撒玛利亚的这位年轻女人,犹太人的女王,罗马不知如何处理的沙漠中的女王,被恭恭敬敬地带回罗马……怎能不猜测到爱情丑闻……

罗马全城在吞噬有关这个爱情的消息。每天晚上,每天夜里。最小的消息……她在牢房窗后衣服的颜色,眼睛的颜色。她的哭泣,她啜泣的声音。"

"这个爱情比历史上记载的更伟大?"

"更伟大。是的。您早知道?"

"是的。比他这位殿堂摧毁者所想的更伟大。"

"是的。更伟大。也更鲜为人知。不过等等……我想他并不知道自己爱她。既然他没有爱她的权利,他就不相信自己爱她,您明白……我记得这一点,模模糊糊的这一点,他对自己的爱情漠然无知。"

"大概除了这个时刻以外:卫兵们睡着了,他在宫殿的房间里任意支配她。人们说:黑夜将尽时。"

"对,大概这个时刻除外……我们不知道。"

长停顿。他说:

"您认为荒原的人们听说了罗马企图统治思想和物质的世界?"

"我想是的,他们知道这种企图。"

"在从海中升起的这头一块土地上,这片荒原上,人们什么都知道。"

"是的，是这样。在这片地下荒原上，人们从帝国的逃亡者、逃兵、上帝的游民、小偷那里得知消息。他们对罗马的企图一目了然，并且目睹罗马在挥霍自己的精神。当罗马宣布它的权力，您知道，当它丧失自己思想的血液时，洞里的人们仍然处在精神的黑暗之中。"

"思想，他们知道自己在思想吗？"

"不。他们不会写也不会读。在很长的时间，几个世纪里。他们不知道这些字的含意。但我还没有说到最基本的：这些人的惟一活动涉及上帝。他们两手空空，瞧着外面。夏天。冬天。天空。大海。还有风。"

"他们就这样与上帝相处。像孩童玩耍似的与上帝说话。"

"您在这个片子里谈到过现时的爱情？"

"我记不清了。好像谈过现时的爱情，但仅仅提到这个。"

"与罗马有什么关系呢?"

"因为那段对话可能是在罗马发生的。围绕那个爱情故事的对话,在几个世纪中,给罗马罩上一层新鲜的色彩。情人们在罗马历史的笨重尸体处为他们的故事,为他们的爱情哭泣。"

"他们哭什么?"

"哭他们自己。他们因分离而重聚,终于哭了。"

"您说的是殿堂的情人。"

"大概吧。是的。我不知道在说谁。可能在说他们,是的。"

停顿。沉默。他们不再相看。然后他说:

"殿堂情人没有留下一个字,没有任何知心话,没有任何形象,对吧……"

"她不会说罗马话。他也不会撒玛利亚语言。正是在这个沉默的地狱中产生了欲望。他是主人。绝对的主人。

接着欲望之火熄灭了。"

"据说那是一种禽兽般的、残酷的爱。"

"这我相信,是的,是这样,禽兽般的、残酷的爱。这我相信,仿佛这是爱情本身。"

停顿。

"元老院得到情报后,代替他这位罗马首领来完成这项苦差事:向她宣布抛弃她的决定。"

"是他向她宣布的……"

"是的。是在晚上。很迅速。他去到她的住所,用从未见过的粗暴口吻向她宣布船很快就到。

"他说,几天之内,她将会被送回凯撒利亚。

"他说他只能还她自由,别无办法。

"他似乎在流泪。

"他说,为了活下去,她必须离开他。

"他还说他将再也看不见她。"

"可她听不懂罗马话。"

"听不懂。但她看到他流泪。他流泪,她也跟着流泪。她哭什么,他不知道。"

停顿。

"她本该死。但是没有。她仍然活着。"
"她活着。她没有死。她后来死于这个诱惑:既是一个男人的俘虏又爱他。

"但她靠这个活着,直到时间的尽头。

"她活着,因为她知道,她明白,爱情仍在那里,完好无损,即使它破碎了,它仍是时时刻刻的痛苦,但它仍然在那里,完好无损,越来越强烈。

"她为此而死。"

"她哭泣……"
"是的。她哭泣。最初她以为是为遭受抢劫的王国,为即将面临的可怕的空虚而哭泣。她活下来是因为她哭泣。她靠哭泣为生。她不清楚自己的眼泪,所以说她爱这个罗马男人。"

"她被他俘获,也许这是她爱他的原因?"

"是的。不如说:她发现了委身于他的强烈魅力。"

"如果他被她的军队俘获,您想他会这样疯狂地爱她吗?"

"我想不会。不会的。"

"您瞧她。

"她。

"闭上眼睛。

"您看见了她的泰然。"

"是的,我看见了。"

停顿。她说:

"她听从命运的安排。她很愿意当女王。她很愿意当俘虏。他想让她当什么她就当什么。"

"她身上隐藏的这种天赋是从哪里来的?"

"也许是由于她的女王职务。也许是由于她有预感到死亡的能力,这一点与福音书中的妇女,耶路撒冷山谷中的妇女一样。"

"他怎能如此漠视她的绝望……"

"在作出决定的时候,我想。您知道,他以土国的名义能支配一切。"

沉默。他说:

"在他身后始终有黑色卫兵。"

"是的。但他看不见。他现在什么也看不见。他看不见正在经历的事。

"他身上所剩的黑色荒原的残迹当他走出房间就永远消失了。"

"黑色荒原。"

"是的。"

"它在哪里?……"

"似乎哪里都有,在最遥远的北方国家的沿

海平原上。"

"他痛苦吗?"

"他不流泪。我们不知道。不。夜里他喊叫,在夜里,像个惊恐的孩子。"

"求求您,给他一些痛苦吧。"

"夜里他醒来时,往往痛苦得难以忍受,他知道她就在那里,但日子不多了。"

"将她接回凯撒利亚的船就要到了。"

"此时,人们只看见那位亲王不停地反复说:'有一天,有天早上,会来一条船将您接回凯撒利亚,您的王国。凯撒利亚。'"

沉默。

"在这以后,在故事的这一刻,我清楚地看见他面无人色地走出房间。"

"后来呢?"

"后来我再什么也看不见了。"

沉默。

您和我，我们本可以谈谈后来发生的事，当他告诉她将有船来接她时。我们本可以谈谈，如果元老院没有把她送走，她会怎样死去，某天夜里，躺在罗马宫殿那个偏房的草堆上独自死去。

我们也可以谈谈那无止境的死亡，他发现她时的那份凯撒利亚之恋。她二十岁。他抢走了她要与她结婚。永订终身。他不知道这是杀死她，他说结婚，他还不知道这是要杀死她。

我们也可以谈谈在多个世纪以后，人们在罗马废墟的尘土中发现了一副女人的骨架。骨架说明了她是谁。以及在何时何地被发现的。

怎能避着不看她，不去看她，不去看这位仍然年轻的女王。在两千年以后。

高个子。她死了仍然是高个子。

是的。她的乳房坚挺。它们很美。在囚衣下赤裸着。

大腿。两脚。行走的姿势。整个身体在轻轻

摆动……您记得……

停顿。

尸体肯定穿越了沙漠、战争、罗马的炎热和沙漠的炎热、苦役的臭味和流放的臭味。然后我们就不知道了。

她仍然是高个子。很高。苗条。瘦削,像死亡本身一样瘦削。头发像黑鸟一样黑。眼睛的绿色与东方的黑色尘土掺杂在一起。

眼睛是否已沉溺于死亡中……

不,她的眼睛仍然沉溺在如今已古老的她的青春眼泪中。

身体的皮肤现已与身体,与骨架分离。

皮肤灰暗、透明,像丝绸一样细腻,脆弱。她仿佛变成了水源头的沙粒。

死后她又成了凯撒利亚的女王。

这个普通女子,撒玛利亚的女王。

饭店大堂的灯熄灭了。在室外，夜色更浓。

纳沃纳广场的喷泉不再流水。

男士本想说当他看见她躺在饭店露天座上时，他立刻就爱上了她。

接着白昼来临。

他也说过她在他面前睡着了，他很害怕，于是他离开她，因为这种模糊的恐惧已经散布开来，遍及他的身体和眼睛。

纯洁的数字

长期以来,食用油商家使用"纯洁"一词。长期以来,橄榄油被保证为纯洁油,而其他各种油,无论是花生油还是核桃油,统统不行。

这个词只有单独使用时才起作用。它通过本身,只依靠自己起作用,它不形容任何东西和任何人。我是说它无法适应其他,它仅仅根据自己的使用来清清楚楚地确定自己。

这个词不是概念,不是缺点,不是瑕疵,也不是优点。这是一个孤独的词。这是一个孤单的词,对,就是这个,一个短促的、单音节的词。孤单。它大概是最"纯洁"的词,在它周围和在它以后，它的同义词都自动消失而且自此以后永远不合时宜、方向不明、摇摆不定。

我忘了说：这个词在一切社会中，一切语言中，一切职责中都是一个神圣的词。在全世界，这个词莫不如此。

自从基督诞生，这个词肯定在某处被说了出来，而且永远如此。撒玛利亚的一位行路人或者为圣母接生的一个女人……肯定说过这个词。我们不知道。这个词在某处被说了出来而且永远如此，它始终留在那里，直至耶稣上十字架。我不信教。我只相信耶稣基督在尘世间的存在。我相信这是真的。相信基督和贞德确实存在过，相信他们的殉难直至随后而来的死亡。它也存在过。这些词仍然存在于全世界。

我不作祈祷，我说过，某些晚上我为此流泪，以摆脱强制性的现实——它体现在如今宣传酸奶和汽车未来的电视广告中。

这两个人,基督和贞德,他们就自认为听到的声音,上帝的声音,讲了真话。他,基督被杀害,像政治流放犯。而她呢,米什莱森林中的巫婆,她被开膛破肚,被活活烧死。遭强暴。被杀害。

在历史上,在遥远的过去,早就有了犹太人,犹太民族。犹太人被杀害,但仍然埋在如今的德国土地上,死亡结束了他们的认知过程,使他们仍处在最初阶段。至今谈到这件事叫人无法不吼叫。真难以想象。对于这种谋杀,德国成了潜在的、患了地方病的死人。我想它还没有醒过来。也许它永远也不会完全清醒。它大概害怕自己,害怕自己的未来,自己的面孔。德国害怕自己是德国。有人说:斯大林。但我说:无论斯大林怎样,他打败了这些纳粹分子。如果没有斯大林,纳粹可能屠杀了全欧洲的犹太人。如果没有他，我们得亲自动手杀死杀害犹太人的德国凶手，做德国人所做的事，和他们一同这样做。

犹太人这个词在各处都是"纯洁"的，但它必须在实际上被认为是惟一能表达对它的期盼的词。期盼它什么，我们已不清楚，因为犹太人的过去已被德国人烧掉了。

德国血统的"纯洁性"造成了德国的不幸。同样的纯洁性使得几百万犹太人被杀。在德国，我完全这样想，这个词必须公开地被烧掉，被杀掉，让它仅仅流出德国血，不是象征性捐赠的血，让人们一见这受人嘲弄的血便真正地哭泣——不是为自己哭，而是为这血本身哭。但这可能还不够。也许人们永远不知道怎样做才足以使这个德国的过去不在我们的生活中被制造出来。也许永远不知道。

我想请求读到这篇短文的人帮助我完成一个计划。自从三年前在比扬古的雷诺工厂被宣布关门以来,我就有了这个计划。我要将在这国际知名的国家工厂里度过一生的所有女人和男人的姓名记录下来。从世纪之初雷诺工厂在布洛涅-比扬古建厂时起。

这将是一份完整的名单,不需任何评论。

它会达到一个大首府的数字。任何文字都无法抵消这数字的事实,在雷诺工厂劳动的事实,全部的辛苦,生命。

我这样做,是为了什么?

为了看看它总共起来会是什么,无产阶级的墙。

在这里,历史将是数字:真理就是数字。

无产阶级最明显的纯洁是数字的纯洁。

真理是未经过比较也无法比较的数字,纯洁的数字,不需任何文字评论。

画展

为罗贝尔托·普拉特而作

空间很大。在一面墙的高处有玻璃窗。天空静止不动,呈蓝色。只有一片厚厚的白云离开蓝色。它缓缓地越过玻璃窗,越过蓝色。

这里没有书。在一张报纸上没有写字。在小词典上没有词汇。一切都井井有条。

空间中央有一张矮桌,它下面有另一张更矮的桌子。两张桌子上都堆满了空颜料管,它们被扭弯,往往从中间被切断,往往被切断,被摊开,被刀刮抹过。

用过的颜料管和尚未动用的颜料管没和那些

被挤空的颜料管放在一起。它们圆圆的、鼓鼓的,很丰满,很硬实,仿佛还未完全成熟的果实。它们被摆放的姿势让人看不见标明颜色的标签。它们都是呈金属灰色的合金软管。管盖下是密封的。

在这张桌子上的一个罐中放着画笔。五十支画笔,也可能一百支。它们基本上都不成形,缩得很小,扁平,裂开,还掉了毛,全在干了的颜料中变得僵硬,显得滑稽可笑。它们没有管中的颜料或说话的男人那种可触知性。真认为它们是在洞穴中,在尼罗河的坟墓里被找到的。

在这许多东西中间有一个男人。他独自一人。穿着白衬衣和蓝色牛仔裤。他在说话。他指着沿着另一面墙排列的几立方米的画幅。他说这些是画好的,是为展览画的。

画幅很多。都面朝墙。颜料管里原有的颜料

都用到这些画幅上了。现在颜料在那里，在画幅上，它结束了画幅的进展。

那人在说话。他说这些画有大有小。可以相信他，是的，它们尺寸不一。这种每次都有所不同的差异，向这个人提出了一个神秘的问题。有时人们可以将大幅画和小幅画混放在一起。但这次不行。他不知道为什么，但他知道应该考虑到这一点。

他一个人在讲，大声讲，有时声音急促，在喊叫。我们不知道当他作画时是否为画而喊叫。我们知道这个人时时刻刻在作画，白天和夜晚，睡眠中或清醒时。

这个人说一口他所特有的法语。他用只有他说的这种法语来讲正在讲的一切。他在这种语言中停止了进步。那要花时间而且不值得。

他谈到如何挂画。他这就亲自动手。他谈到这个。他谈到画展在哪里,在城里什么地方举行,是在塞纳河边一家旧时的精装作坊里。

　　他说自己有七年没有展览作品了。他生活中有另一项工作,而且他做得很开心,但问题不在这里。春天以前,他突然强烈地想展览自己的画。他说:"七年了,我觉得重新开始是对的,不是吗?"

　　他说得越来越快,他道歉,说太紧张了。七年。他说:"我停止了一切活动。在这里关了四个月。"四个月以后展览会准备就绪。他说最重要的是决心。

　　他必须成功。
　　他开始展示展览上的画。

　　他一幅一幅地拿起来,当他走到与放画的墙

相对的那面墙时，他将画翻向墙壁。不论他拿着画还是翻转画，他一直在讲。有时他仿佛在犹豫翻不翻画，但他还是做了，翻转了画。

他一直在讲他想遵循的展览顺序。他不愿意这些画被相互比较。他喜欢一种自然顺序，使所有的画在展厅的墙上地位平等。决不能将画孤立起来，或占突出地位或在极不显眼的地方。它们必须在一起，几乎相互挨着，几乎，对，就是这样。它们不能像在这里一样相互分开，你明白？

画一幅幅地被拿过来，进入到光线中。

那人说这些画是同一个人在他生命的同一时刻作的，因此他想把它们都挂在一起。这事让他很操心，他并不希望它们合而为一，不，绝不是，绝不是这样，但他愿意它们按照自然的、正确的顺序相互靠近，只有他对这种靠近负责，只有他知道这种靠近的价值。

他就画幅之间的距离谈了许多。他说有时几乎不需要任何东西。有时也许根本不需要任何东西,画幅就彼此贴近,是的,有时。他其实也不知道。面对他作的画,他和我们一样,茫然。

在他滔滔不绝的话声中,画被展示出来。他说话为了让话语声伴随着进入光线的画幅。他说话是为了产生局促不安,为了最终出现对痛苦的解脱。

最后我们任他独自完成自由驰骋的工作,任他承受他的痛苦,承受他那无视一切评论,一切暗喻,一切模糊的可怕义务。也就是说任他承受他自己的故事。我们进入到他强烈的绘画之中。我们看着画,我们不看他,不看说话的人,画家,在沉默大陆上挣扎的人。我们看画,只看画。说话的这人作了画却意识不到在作画,他处在意义之外,重要的消遣之中。

人们可以说：所有的画都用了同样的速度。有时它们长了翅膀，仿佛有人指引。有时带动它们的力量像波涛一样覆盖自己，呈蓝黑色。

在上方，当人们上溯到力量时，天空中可能有一张熟睡孩子的面孔。几乎说不上是孩子，说不上是天空，什么也无法确定。什么也没有。而是全部绘画。

一个白色地面的白色房间通过这里，开向空旷，一扇门上留下一段白色门帘。

还有特征不清的牲畜，浮肿块，古老绘画的轻柔笔触，他本可以鉴别它们。一些符号看上去像物体。消逝和隐没中的树干。潮湿的水源和青苔中的几段海蛇身体。流动，出现，概念和物体间可能的接近，物体的永久性和虚幻性，关于概念、色彩、光线以及天知道其他事物的内容。

Marguerite Duras
Écrire

© Éditions Gallimard, Paris, 1993
All rights reserved
All adaptations are forbidden.
Sale is forbidden outside of the People's Republic of China.

图字：09-2005-143 号

图书在版编目(CIP)数据

写作 /(法) 玛格丽特·杜拉斯
(Marguerite Duras) 著; 桂裕芳译. -- 上海：上海译文出版社, 2025. 5. -- ISBN 978-7-5327-9869-8

Ⅰ. I565.65

中国国家版本馆 CIP 数据核字第 2025KZ8499 号

写作	玛格丽特·杜拉斯 著	责任编辑	李月敏
Écrire	桂裕芳 译	装帧设计	汐和 at compus studio
		封面插画	boho

上海译文出版社有限公司出版、发行
网址：www.yiwen.com.cn
201101　上海市闵行区号景路 159 弄 B 座
浙江新华数码印务有限公司印刷

开本 890×1240　1/64　印张 2.25　插页 6　字数 31,000
2025 年 5 月第 1 版　2025 年 5 月第 1 次印刷

ISBN 978-7-5327-9869-8
定价：45.00 元

本书版权为本社独家所有，未经本社同意不得转载、摘编或复制
本书如有质量问题，请与承印厂质量科联系，T：0571-85155604